Klub
Tiary

Tytuł oryginału:
Princess Alice and the Magical Mirror

Ilustracje:
Sarah Gibb

Tłumaczenie:
Małgorzata Bortnowska

Opracowanie graficzne:
Andrzej Zawada

Redakcja:
Marzena Kwietniewska-Talarczyk

First published in Great Britain in 2005 by Orchard Books
Text © Copyright by Vivian French 2005
Illustrations © Copyright by Sarah Gibb 2005
© Copyright by Wydawnictwo Zielona Sowa Sp. z o.o., Kraków 2007

ISBN 978-83-7435-578-0

Wydawnictwo Zielona Sowa Sp. z o.o.
30-404 Kraków, ul. Cegielniana 4A
tel./fax (012) 266-62-94, tel. (012) 266-62-92
www.zielonasowa.pl
wydawnictwo@zielonasowa.pl

Klub Tiary

Vivian French

Księżniczka Alice
i magiczne lustro

Królewska Akademia Pałacowa,
której celem jest wykształcenie Idealnych Księżniczek
(znana wśród uczennic jako „Akademia Księżniczek")

MOTTO NASZEJ SZKOŁY:
Idealna Księżniczka zawsze najpierw myśli o innych, a dopiero potem o sobie, jest uprzejma, prawdomówna i troskliwa.

Zapewniamy księżniczkom pełen program nauczania, a w nim następujące przedmioty:

Jak rozmawiać ze Smokiem

Kurs Twórczego Gotowania Potraw i Pieczenia Ciast na Wspaniałe Pałacowe Przyjęcia

Jak mądrze wyrażać Życzenia

Projektowanie i Szycie Idealnej Sukni Balowej

Jak uniknąć pomyłek przy rzucaniu czarów

Jak schodzić po schodach tak lekko, jakby się płynęło w powietrzu

Uczennice przez cały czas mogą korzystać z rady i pomocy Dyrektorki Akademii, Królowej Gloriany, zaś o ich potrzeby troszczy się szkolna Wróżka Chrzestna.

Wśród nauczycieli i ekspertów mamy zaszczyt gościć następujące osobistości:

Król Percewal
(Smoki)

Matylda, Królowa Matka
(Etykieta, Postawa i Wytworność)

Hrabina Wiktoria
(Bankiety)

Wielka Księżna Delia
(Stroje)

Chcąc zachęcić księżniczki do przejścia na następny poziom kształcenia, przyznajemy im diademowe punkty. Wszystkie księżniczki, które w czasie pierwszego roku nauki zdobędą wystarczającą ilość punktów, zyskują wstęp do Klubu Tiary. Jako nagrodę wręczamy im srebrny diadem.

Następnego roku Księżniczki z Klubu Tiary otrzymują zaproszenie do Srebrnych Wież, naszej słynnej rezydencji dla Idealnych Księżniczek. Mogą tam kontynuować edukację na wyższym poziomie.

UWAGA!
Oczekuje się, że Księżniczki przybędą do Akademii zaopatrzone w:

DWADZIEŚCIA SUKNI BALOWYCH (wraz z wszelkimi niezbędnymi krynolinami, halkami itd.)

DWANAŚCIE SUKIENEK DO CODZIENNEGO UŻYTKU

SIEDEM SUKNI odpowiednich na przyjęcia w ogrodzie i na inne specjalne okazje

PANTOFELKI BALOWE (pięć par)

AKSAMITNE PANTOFLE (trzy pary)

BUTY DO KONNEJ JAZDY (dwie pary)

Obowiązkowe są również: płaszcze, mufki, etole, rękawiczki i inne niezbędne dodatki.

Cześć! Bardzo PRAGNĘŁAM was poznać – jesteście SUPER! Nie tak, jak okropna Księżniczka Perfekta i Księżniczka Floriana. Czasami bywają TAKIE złośliwe! Moja starsza siostra mówi, że Perfekcie w zeszłym roku zabrakło PARU diademowych punktów, i nie dołączyła do FANTASTYCZNEGO Klubu Tiary. Wróciła więc na pierwszy rok i musi uczyć się razem z nami. Tym gorzej dla nas!
A tak przy okazji – nazywam się Księżniczka Alice. Uczę się, jak zostać Idealną Księżniczką, i dlatego uczęszczam do Akademii Księżniczek – tak jak wy. Wiecie jednak, co oznacza szkoła – CIĘŻKĄ PRACĘ! Gdyby nie Charlotte, Katie, Emily, Daisy i Sophia, chyba bym się ZAŁAMAŁA! I nie wiem jak wy, ale ja po prostu nie potrafię być grzeczna przez CAŁY czas...

Rozdział pierwszy

Czy byłyście kiedykolwiek na przyjęciu w ogrodzie? Tu, w Akademii Księżniczek, mamy jedno takie przyjęcie na semestr, i są one TAKIE fajne – tak przynajmniej mówi moja starsza siostra. Powiada, że wszystkie księżniczki ubierają się w swoje NAJLEPSZE sukienki, wkładają diademy, przyjeżdża wielka orkiestra, która gra do tańca, a fontanny tryskają musującą oranżadą. Kwiaty są dosłownie WSZĘ-DZIE... a wszyscy nasi krewni dostają zaproszenia, żeby przyjechać i obserwować, jakie jesteśmy Idealne! Jeżeli zaś zbiera się na deszcz, to zgadnijcie, co się dzieje? Wróżka – to jest szkolna Wróżka Chrzestna – rozpościera nad całym ogrodem słoneczne, błękitne niebo!! Czyż nie jest to NAPRAWDĘ zdumiewające?

Z przyjęciem w ogrodzie łączy się jeszcze jedna FANTASTYCZNA sprawa. Tylko wtedy Wróżka Chrzestna wydobywa z ukrycia Czarodziejskie Lustro Akademii Księżniczek... a jest ono naprawdę MAGICZNE! Moja starsza siostra wymusiła na mnie OBIET-NICĘ, że nikomu nie powiem, co się wtedy dzieje, bo to ma być naprawdę WIELKA niespodzianka. Wiem jednak, że wam mogę to powiedzieć i wszystko będzie w porządku. Oto (Cśśś! Nie mówcie NIKOMU!) co się wtedy dzieje.

W dzień przyjęcia w ogrodzie każda księżniczka z Akademii Księżniczek ubiera się w jedną ze swych wyjątkowych sukni, czesze włosy i wkłada diadem. Następnie Wróżka zaprasza każdą księżniczkę do swego prywatnego gabinetu, by pokłoniła się przed swym odbiciem.

I ZGADNIJCIE CO SIĘ DZIEJE?

Magiczne Lustro zagląda w przeszłość i decyduje, na ile jesteś Idealną Księżniczką – i przyznaje diademowe punkty! Może wam dać aż TRZYSTA PUNKTÓW! Moja starsza siostra mówi jednak, że nikt NIGDY nie dostał aż tylu.

Możecie więc zrozumieć, dlaczego liczyłam każdą minutę dzielącą mnie od przyjęcia w ogrodzie – lecz oczywiście miało ono i swoją ZŁĄ stronę. Nagle przybyło nam MNÓSTWO do-

datkowych zajęć z Ukłonów aż do pod-
łogi, i z Pełnego wdzięku spacerowania
w długich spódnicach, oraz z Tańca...
Och, musiałyśmy się nauczyć SETEK
nowych tańców! Wydawało się, że

W OGÓLE nie mamy choćby pół se-
kundy czasu na jakąkolwiek zabawę.
Robiłyśmy jednak co w naszej mocy
i w końcu został tylko jeden dzień do
balu. Nasze stroje wisiały już na wiesza-

ku w internacie. Moja suknia była CU-
DOWNA NICZYM MARZENIE – uszyta
z zupełnie, ale to ZUPEŁNIE niesamo-
witego, jasnoróżowego atłasu, nakrapia-
na w słodkie, maleńkie stokrotki, białe
i różowe. Miała przy tym wiele warstw je-
dwabnych halek, więc tak pięknie szeleściła, kiedy szłam! Nasze diademy migota-
ły na ciemnogranatowych, aksamitnych
poduszkach rozłożonych na krzesłach
przy naszych łóżkach. Byłyśmy szaleń-
czo podekscytowane... dopóki wszystko
nie zaczęło iść ZŁYM torem.

W czwartek rano miałyśmy końco-
wy test ze Schodzenia po schodach tak
lekko, jakby się płynęło w powietrzu
– i całej naszej szóstce się nie wiodło,
a szczególnie mnie.

Królowa Matka Matylda, która jest
szkolną ekspertką od etykiety, postawy,

póz
i wytworno-
ści, NAPRAW-
DĘ się rozgniewała,
i kazała nam ćwiczyć
w każdej wolnej chwili.

– Jeżeli RADYKALNIE się
nie poprawicie do jutrzej-
szego wieczora – burknęła

– spędzicie dzień przyjęcia w ogrodzie u siebie, w internacie!

Po tych słowach spojrzała na nas gniewnie i oddaliła się dostojnym krokiem.

Robiłyśmy, jak nam kazała, ale nie wyglądało na to, by szło nam lepiej. W piątek, w porze herbatki, byłam TAKA zmartwiona. Co będzie, jeśli Królowa Matka Matylda powie, że nie możemy iść na przyjęcie w ogrodzie? To byłoby PO PROSTU OKROPNE... bo nie zobaczyłybyśmy wcale Magicznego Lustra i nie zdobyłybyśmy diademowych punktów!

– Stopy mnie bolą! – jęknęła Charlotte, gdy wlokłyśmy się w górę Wielkich Schodów chyba już setny raz od śniadania.

– Może tym razem wreszcie LEKKO zejdziemy z tych schodów – powiedziała Katie z nadzieją.

– NIE ma szans – rzekłam ponuro. – Rano wywróciłam się chyba z dziesięć razy.

– Głowa W GÓRĘ, WCIĄGNĄĆ powietrze, WYPROSTOWAĆ plecy, UŚMIECH! – wyrecytowały razem Emily i Daisy.

– I NIE ZAPOMNIEĆ o ukłonie na drugim stopniu od dołu! – dodała Sophia, kiedy już dotarłyśmy na piętro.

Wszystkie jęknęłyśmy głośno.

– Ooooch! Floriano, SPÓJRZ tylko! – zawołała ta okropna Księżniczka Perfekta, która nagle pojawiła się przy nas ze swą złośliwą przyjaciółką. – To te tępe różowopokojówki.

Floriana obdarzyła nas pełnym politowania uśmieszkiem.

– Tak, to one! Czyż to nie wstyd, że potrafią być Idealnymi Księżniczkami tylko wtedy, gdy trzeba ZLECIEĆ ze schodów?!

I obie zachichotały głośno, oddalając się długim korytarzem.

Udawałam, że ich nie słyszę, i wyglądałam przez okno. Na zewnątrz, w rozsłonecznionym ogrodzie, trzy podkuchenne – Moira, Prue i Jinny, krążyły tu i tam z pełnymi naręczami kwiatów. Duża Klara, kucharka Akademii, zlecała im zwykle mnóstwo pracy w kuchni, ale dziś układały lilie, róże i białe stokrotki w WIELKICH wazonach wzdłuż całego podjazdu i wokół dziedzińca Akademii Księżniczek.

– Czyż to nie SZCZĘŚCIARY? – powiedziałam do Emily. – Nie muszą się martwić, jak zejść po tych głupich schodach!

– Może i tak – Emily nie wyglądała na przekonaną. – Ale WYOBRAŹ sobie tylko, że Duża Klara rozkazuje ci w każdej sekundzie dnia!

Emily miała rację. Duża Klara była despotką. Prue najwidoczniej postawiła jeden z wazonów na niewłaściwym miejscu dziedzińca, gdyż Duża Klara skakała wokół gniewnie i krzyczała na nią. Widziałam jak Prue powstrzymuje łzy, podnosząc wazon. Musiał być NAPRAWDĘ ciężki, bo szamocząca się z nim Prue aż poczerwieniała na twarzy. I wtedy przypadkiem spojrzała w górę. Zobaczyła, że wyglądam przez okno, i z TAKIM wysiłkiem próbowała się do mnie uśmiechnąć... a mnie było jej okropnie żal. Zrobiłam wesołą minę, i udawałam, że skaczę niczym Duża Klara.

To był DUŻY BŁĄD!

Prue roześmiała się...

... i UPUŚCIŁA wazon...

... a on ROZTRZASKAŁ się na tysiąc kawałków i PRZYGNIÓTŁ wszystkie kwiaty!

Właśnie w tym momencie usłyszałam surowy głos z korytarza poniżej:

– Księżniczki! Pozwólcie, niech zobaczę, jak LEKKO schodzicie ze schodów!

Rozdział drugi

Nie wiedziałam, CO robić! To, że Prue upuściła kwiaty, było CAŁKOWICIE moją winą. TAK bardzo chciałam zbiec do ogrodu... ale Królowa Matka Matylda stała na dole schodów z ponurym wyrazem twarzy.

Powzięłam decyzję: LEKKO sfrunę ze schodów, po czym WYPADNĘ na zewnątrz i wyjaśnię wszystko Dużej Klarze.

– Słuchajcie! – szepnęłam naglą-
co, wysuwając się przed Charlotte.
– Muszę iść pierwsza... Zrobiłam coś
STRASZNEGO!

Następnie wzięłam głęboki wdech.

– Głowa DO GÓRY, plecy PROSTO,
UŚMIECH! – powiedziałam do siebie...
i potknęłam się na pierwszym stopniu... stoczyłam się na dół... i zatrzy-
małam bezwładnie TUŻ przed Królo-
wą Matką Matyldą.

– UROCZO, Księżniczko Alice – powiedziała Królowa. – Czy nic ci się nie stało?

– Nie, dziękuję – odparłam. – Mmm...
PRZEPRASZAM! – po czym jak strza-
ła rzuciłam się wzdłuż marmurowego
korytarza i na zewnątrz, przez drzwi
do ogrodu.

Zastałam Moirę i Jinny płaczące na
schodkach wśród pobojowiska z ka-

wałków chińskiej porcelany i połama-
nych kwiatów.

– Gdzie jest Duża... – to znaczy, gdzie
jest Kucharka? – wydyszałam.

Moira głośno pociągnęła nosem.

– Jest WŚCIEKŁA, Księżniczko Alice. Poszła do kuchni i zamknęła drzwi
na klucz. Kazała Prue wypolerować

CAŁE srebro w zmywalni, a jeśli do godziny szóstej nie posprzątamy tego bałaganu i nie znajdziemy nowych kwiatów, nie będzie nam wolno iść na przyjęcie. Będziemy musiały spędzić CALUTKI DZIEŃ na obieraniu ziemniaków!

Poczułam się jeszcze gorzej. Byłam prawie pewna, że ja sama nie pójdę na przyjęcie – ale to, co usłyszałam, było STRASZNE. Zaczęłam podnosić połamane kwiaty, ale Moira mnie powstrzymała.

– Nie możesz tego robić, Księżniczko Alice – powiedziała. – Popadniesz w WIELKIE kłopoty, jeśli cię zobaczą! Księżniczkom nie wolno wchodzić do ogrodów aż do jutra!

I właśnie wtedy przyszła mi do głowy WSPANIAŁA myśl!

– SZYBKO! – powiedziałam. – Gdzie jest ta zmywalnia?

Było naprawdę trudno przekonać Prue, by zamieniła się ze mną ubraniami, lecz w końcu tego dokonałam.

– Jeżeli udam, że jestem podkuchenną, będę mogła pomóc Jinny i Moirze – wyjaśniłam – a potem znów wymienię się z tobą ubraniami i powiem Dużej Klarze, że upuściłaś wazon z mojej winy!

Prue zaczęła chichotać, podnosząc kolejny widelec.

– Wyglądałaś tak śmiesznie – powiedziała. – Wyglądałaś DOKŁADNIE tak samo, jak Duża Klara! Postaram się nie zniszczyć twojej sukienki.

– A ja spróbuję nie zniszczyć twojej! – powiedziałam, wychodząc do ogrodu, do Moiry i Jinny.

Uprzątnięcie pobojowiska zajęło nam całe WIEKI. Kawałki chińskiej porcelany leżały wszędzie, musiałyśmy odszukać każdy, najmniejszy

odłamek. Następnie trzeba było znaleźć nowe kwiaty. Jinny powiedziała, że nie wolno nam brać ŻADNYCH kwiatków, jeśli nie spytamy o pozwolenie ogrodników.

– Duża Klara miała już o to awanturę z Naczelnym Ogrodnikiem – wyjaśniła.

Moira westchnęła.

– Wiedziałam, że nam się nie uda, mimo że tak się starałaś, Księżniczko Alice. Jest już wpół do szóstej. Będziemy jutro obierać ziemniaki, nie ma co.

Przez krótką, straszliwą chwilę pomyślałam, że Moira ma rację, ale zaraz przyszedł mi do głowy DRUGI wspaniały pomysł!

– Już WIEM! – powiedziałam. – Dlaczego nie miałybyśmy wziąć po jednym czy po dwa kwiatki z innych wazonów? Nie sądzę, by to było W OGÓLE widać...

Tak też zrobiłyśmy. Napełnianie wazonu, który Jinny przyniosła ze zmywalni, nie zajęło wcale dużo czasu.

Kwiaty wyglądały CUDOWNIE. Nikt by nie poznał, że w ogóle przydarzył się jakiś wypadek.

– Czas, żebyśmy znów zamieniły się z Prue ubraniami – powiedziałam bardzo zadowolona. – Mam nadzieję, że

moja sukienka przeżyła jakoś polerowanie tych wszystkich noży, widelców i łyżek!

Kiedy jednak wpadłam z Moirą i Jinny do zmywalni, nie było tam nikogo. Piętrzył się tylko stos lśniących, srebrnych sztućców.

Prue ZNIKNĘŁA.

Rozdział trzeci

Stałam i patrzyłam, a oczy wychodziły mi z orbit. Moira pospieszyła w jedną stronę, żeby sprawdzić, czy Prue jest w swojej sypialni, a Jinny pobiegła zobaczyć, czy nie ma jej przypadkiem w kuchni.

Moira wróciła prawie natychmiast i potrząsnęła głową.

– W sypialni jej nie ma – powiedziała.

Wtedy rozległ się GŁOŚNY pomruk i przed nami, wymachując chochlą do zupy, stanęła Duża Klara. Pobladła Jinny kryła się za nią.

Starałam się wyglądać na osobę tak wysoką i pełną godności, jak to możliwe, chociaż serce mi waliło.

– Jestem Księżniczka Alice – zaczęłam – i jest mi bardzo przykro, ale to z mojej winy Prue zbiła ten wazon...

– CO? CO TO? O CZYM TY U LICHA mówisz?

Jestem pewna, że cała Akademia Księżniczek musiała słyszeć krzyk Dużej Klary. Wzięłam głęboki oddech, i spróbowałam znowu.

– Wyglądałam przez okno, i...

– PRUDENCE JEFFERSON! Weź się w garść! Miałam już dziś przez ciebie DOSYĆ kłopotów! I co to za NIEDORZECZNOŚCI opowiada mi Jinny o ogrodzie?

Duża Klara chwyciła mnie za ramię i wyprowadziła ze zmywalni. Gwałtownie otwarła drzwi do ogrodu – i stanęła jak wryta, ujrzawszy rządki kwiatów ustawione w idealnym porządku.

– Walnijcie mnie wałkiem do ciasta! – sapnęła.

Próbowałam nie wyglądać na zadowoloną z siebie.

– Tak – powiedziałam. – A teraz, jeśli pani pozwoli, znajdę Prue, i...

Duża Klara odwróciła się i spojrzała na mnie, a do mego żołądka wkradło się bardzo nieprzyjemne odczucie.

– Nie wiem, w co grasz, mała damo – rzekła – ale myślę, że powinnaś zaraz z tym skończyć. Widzę, że kwiaty zostały ułożone, i jestem zadowolona. Wypolerowałaś też całe srebro. Jestem kobietą, która dotrzymuje słowa, toteż dziś WSZYSTKIE pójdziecie na przyjęcie w ogrodzie... ale koniec z tymi niedorzecznościami z szukaniem samej siebie... BĄDŹ taka miła. A teraz, cała trójka – do kuchni!

Obróciła się i wróciła do kuchni, zostawiając mnie, wpatrującą się w jej postać.

– Moira – powiedziałam, i usłyszałam, że mój głos drży – Jinny – kim ja jestem, jak myślicie?

– Jesteś Księżniczką Alice – odparła Moira. – Prawda, Jinny?

Jinny skinęła głową.

– Tak. Ale troszkę przypomina Z WYGLĄDU Prue... a spierać się z Dużą Klarą, to niedobry pomysł!

Nie mogłam uwierzyć własnym uszom. Z trudem przełknęłam ślinę... Wtem rozległ się DONOŚNY pomruk, a Jinny i Moira chwyciły mnie za ręce i błyskawicznie wciągnęły do gorącej, wypełnionej parą kuchni, gdzie czekała na nas Duża Klara.

Nigdy nawet nie ŚNIŁAM o garnku do zupy tak wielkim, jak ten, który bulgotał w kuchni Akademii! Duża Klara mieszała w nim OGROMNĄ drewnianą łyżką.

– Pospieszcie się, dziewczęta! – rozkazała. – Trzeba wszystko wyjąć z tych blach – mamy pięćdziesiąt głodnych księżniczek czekających na kolację! Mora – przynieś miski! Jinny – łyżki! Prue – pokrój chleb!

I oto stałam w kuchni, krojąc bo-
chenki chleba, jakby od tego zależało
moje życie!

Skończyłam już prawie cały boche-
nek, kiedy Duża Klara podeszła sprawdzić, jak to robię.

– Zawińcie mnie w naleśnik! – prychnęła. – Co cię naszło, dziewczyno? Będziesz musiała zacząć wszystko od nowa – księżniczki lubią, by chleb był cienki i wykwintny!

– Nie, nie lubią! – jęknęłam, i wiedziałam, że brzmi to BARDZO żałośnie, ale po prostu nic nie mogłam na to poradzić. Stopy mnie paliły, ramiona bolały, zacięłam się dwa razy w palec... a byłam zbyt zmęczona, by wymyślić JAKIKOLWIEK sposób ucieczki prócz tego, żeby po prostu pobiec... ale co wtedy będzie z prawdziwą Prue, gdy wróci?

– Nie próbuj MI mówić, co lubią księżniczki! – zagrzmiała Duża Klara. – No już, bierz ten chleb i pokrój go tak cienko, żebym mogła zobaczyć, jak kromki przeświecają! – I plasnęła o stół kolejnym OGROMNYM bochenkiem, kładąc go przede mną. – A może nagle zaczęłaś się bać ciężkiej pracy? Nigdy tak nie było!

Czy wybuchłam płaczem? Och – PRAWIE! Lecz nie zrobiłam tego. Skoro Prue nie bała się ciężkiej pracy, to i ja nie będę.

Wzięłam głęboki oddech, i powiedziałam sobie, że jestem Idealną Księżniczką, i że mogę to zrobić!

Najgrzeczniej jak potrafiłam, powiedziałam:

– Tak, Kucharko Klaro – zacisnęłam zęby i zaczęłam wszystko od początku...

...i AKURAT WTEDY rozległo się GŁOŚNE stukanie do drzwi. Jinny pobiegła otworzyć, a za drzwiami stały ramię przy ramieniu moje CUDOWNE, najlepsze przyjaciółki, a wraz

z nimi kryjącą się za ich plecami Prue
– i WSZYSTKIE uśmiechały się od
ucha do ucha!!!!!!!

Rozdział czwarty

Czy kiedykolwiek próbowałyście objąć wielu ludzi naraz, kiedy oni usiłują zrobić to samo? To bardzo trudne, zwłaszcza kiedy jest przy tym BARDZO duża i ogłupiała dorosła osoba, próbująca zrozumieć, co się dzieje. W końcu Duża Klara wydała jeden ze swych GIGANTYCZNYCH wrzasków:

– Czy ktoś byłby UPRZEJMY mi powiedzieć, dlaczego moja kuchnia jest PEŁNA księżniczek? – zażądała.

Księżniczka Sophia wystąpiła naprzód i wykonała jeden ze swych najgłębszych ukłonów.

– PROSZĘ nam wybaczyć, droga Kucharko Klaro – powiedziała, i zabrzmiało to NIEZWYKLE elegancko. – Przyszłyśmy podziękować pani za wszystkie naprawdę przepyszne posiłki, które nam pani podaje. Po prostu UWIELBIAMY pani gulasze, kotlety rybne i pizzę...

Przerwała, i przez sekundę wyglądała na skonsternowaną. Wtedy szybko wtrąciła się Charlotte.

– To prawda! – powiedziała – i dała mi mocnego kuksańca.

Rozejrzałam się dokoła i spostrzegłam, że Prue przywołuje mnie skinieniem, trzymając palec na ustach. Podczas gdy Charlotte, Daisy, Katie i Emily wyjaśniały Dużej Klarze, jak BAJECZNIE gotuje, Prue i ja przekradłyśmy się do zmywalni i wymieniłyśmy się strojami.

– Dzięki! – szepnęła Prue. – Jesteś GWIAZDĄ!

– Gdzie ty byłaś? – spytałam. – Myślałam, że zostanę tu na ZAWSZE!

A ja jestem BEZNADZIEJNA w krojeniu chleba!

Prue zamrugała oczami.

– Kiedy wypolerowałam srebro, wyjrzałam, żeby sprawdzić, co porabiasz – rzekła – ale wciąż byłaś zajęta. Poszłam więc popatrzeć na te wasze słynne schody... a Królowa Matka Matylda robiła właśnie aferę, że cię nie ma!

– A niech to – powiedziałam, a serce mi zamarło. – Będę miała teraz WIELKIE kłopoty...

– Królowa Matka Matylda zobaczyła mnie, i pomyślała, że to ty – ciągnęła Prue – i powiedziała, że ma NADZIEJĘ, że TYM razem nie spadnę ze schodów... a Księżniczka Daisy szepnęła mi, że jesteś jedyną, która nie przeszła sprawdzianu!

Poczułam się naprawdę źle.

– O NIE – jęknęłam. – Będę dziś JE-
DYNĄ OSOBĄ, która nie może iść na
przyjęcie w ogrodzie!

Prue potrząsnęłam głową i jeszcze
mocniej zamrugała oczami.

– Będziesz na przyjęciu, Księżniczko Alice! – powiedziała. – Byłaś tak
miła, uporządkowałaś dla mnie wazon
z kwiatami, więc zbiegłam po schodach za ciebie. I zgadnij, co się stało?
Królowa Matka Matylda dała mi DZIE-
SIĘĆ diademowych punktów!

– To prawda! – przytaknęła stojąca
w drzwiach zmywalni Charlotte,
uśmiechając się do nas szeroko. – Prue
była FANTASTYCZNA!

– ŁAŁ! – z trudem mogłam w to uwierzyć. Prue zdała za mnie sprawdzian
i zdobyła dla mnie dziesięć diademowych punktów... Lecz w mojej głowie

zabrzęczał jakiś głos: Czy to nie jest oszustwo?

I nagle poczułam się NAPRAWDĘ nieswojo, gdyż Prue wyglądała na TAK zadowoloną z tego, że – jak uważała – pomogła mi.

– Dziękuję ci BARDZO – powiedziałam, starając się, by zabrzmiało to przekonująco.

Prue zachichotała.

– Nie ma sprawy. TAK się cieszę, że nie jestem księżniczką! Dzisiaj to było nawet zabawne, ale NIE ZNIOSŁABYM, gdybym musiała robić takie rzeczy przez cały czas!

Pomachała do mnie i umknęła do kuchni, akurat gdy o szóstej zabrzmiał dzwonek na kolację.

Powlokłam się do jadalni z Sophią i innymi.

Miałam obolałe stopy, ale nie przejmowałam się tym. Wyglądało na to, że mimo wszystko mam iść na przyjęcie w ogrodzie... I zobaczyć Magiczne Lustro. Nie potrafiłam jednak całkiem wyciszyć tego cichego głosu. Idealne Księżniczki NIGDY nie oszukują – szeptał wciąż od nowa.

Rozdział piąty

Idealne Księżniczki NIGDY nie oszukują

Tej nocy źle spałam. Kiedy zaś wstałyśmy i włożyłyśmy nasze najlepsze sukienki, z trudem mogłam oddychać. Charlotte powiedziała, że to podekscytowanie, ale ja wiedziałam, że to coś całkiem innego. W środku byłam TOTALNIE roztrzęsiona, bo wiedziałam, co MUSZĘ zrobić, jeśli kiedykolwiek mam zostać Idealną Księżniczką.

Moja sukienka była WSPANIAŁA! Pięknie szeleściła, gdy wkładałam ją przez głowę, a kiedy tańczyłam dokoła, spódnice wirowały i szumiały. Po kolei pomogłyśmy sobie wzajemnie z włosami i diademami, po czym nadszedł czas, żeby przejść do gabinetu Wróżki, z którego wychodziły akurat Księżniczka Perfekta i Księżniczka Floriana.

– Jestem PEWNA, że zasługuję na więcej diademowych punktów niż TY – mówiła gniewnie Perfekta.

– Mam tylko o JEDEN więcej od ciebie – odparła Floriana. – Miałam tylko...

Nagle Pefrekta zauważyła, że słuchamy, i wprost SPIORUNOWAŁA nas wzrokiem.

– Cśśśśśś! – uciszyła gwałtownie Florianę, i oddaliły się pędem, tak szybko, jak tylko mogły.

Wszystkie byłyśmy NAPRAWDĘ zdenerwowane, pukając do drzwi Wróżki Chrzestnej. Zwłaszcza ja...

...a wtedy drzwi się otworzyły, i Wróżka zawołała:

– WEJŚĆ!

Wróżka wyglądała CUDOWNIE. Nie była ubrana tak jak zwykle, lecz nosiła ZACHWYCAJĄCĄ, kwiecistą suknię pokrytą migocącymi, złotymi różami i długi, zielony, aksamitny płaszcz haftowany w srebrne motylki... a ich skrzydła naprawdę trzepotały! Już na pierwszy rzut oka można było powiedzieć, że jest naprawdę WAŻNĄ Wróżką Chrzestną. Nie mogłyśmy się powstrzymać od ukłonów, a ona roześmiała się swym głośnym, grzmiącym śmiechem.

– A więc, mieszkanki Różowego Pokoju – czy chcecie się zaprezentować zwierciadłu jedna po drugiej, czy wszystkie razem?

Oczywiście chciałyśmy być razem!
Wróżka znowu się roześmiała i skinęła różdżką... i oto nagle znikły półki

pełne słojów, ziół i napojów. Zobaczy-
łyśmy natomiast OGROMNE lustro,
z dziwnie powykręcaną ciemną, drew-

nianą ramą... i mogłyśmy ujrzeć nasze odbicia, które stały w szeregu i trzymały się za ręce.

– Jesteście gotowe? – spytała Wróżka.
Przełknęłam ślinę.

– Wróżko, jeśli można – powiedziałam, a głos wyraźnie mi przy tym drżał – mam coś ważnego do powiedzenia.

Wystąpiłam naprzód. Czułam, że moje przyjaciółki wpatrują się we mnie zaskoczone.

– Otóż mam dziesięć diademowych punktów, które tak naprawdę nie są moje. Nie zdałam Schodzenia po schodach tak lekko, jakby się płynęło w powietrzu... i w ogóle nie powinno mnie tu być. I jest mi BARDZO przykro... – musiałam przerwać, by przetrzeć oczy – że nic wcześniej nie powiedziałam, ale tak STRASZNIE chciałam włożyć moją suknię – choćby to miało trwać tylko przez ranek... a teraz wrócę do Różowego Pokoju, i...

– PRZESTAŃ!

Nie mogłam wprost uwierzyć, ale Wróżka naprawdę UŚMIECHAŁA się do mnie!!!

– Myślę, księżniczko Alice – powiedziała – że powinnyśmy pozwolić, aby zadecydowało Magiczne Lustro, prawda?

Skinęła różdżką, wywołując EKSPLOZJĘ milionów, trylionów maleńkich iskierek migoczącego światła. A kiedy tak wpatrywałyśmy się w nie w kompletnym zdumieniu, naprawdę PIĘKNY głos przemówił do nas z najdalszych głębokości zwierciadła.

– Dobra robota, Księżniczko Alice – rzekł ów głos. – Jesteś uczciwa, a to wspaniała cecha u księżniczki. Musisz pamiętać, że żadna Księżniczka nie jest tak Idealna, żeby nigdy nie popełniać błędów... – głos przerwał, i krótko, zabawnie zachichotał. – Poza tym, księżniczki z Różowego Pokoju doprowadzają mnie do śmiechu... – i tu na SEKUNDĘ w zwierciadle mignął obraz – to byłam ja, tocząca się w dół schodów, moje przyjaciółki, patrzące na to wielkimi, okrągłymi oczami, i prawdziwie PRZERAŻONA Królowa Matka Matylda!

Wróżka Chrzestna lekko odkaszlnęła.

– Przepraszam, Wróżko – powiedziało zwierciadło – ale to BYŁO śmieszne! Zaraz, na czym to stanęliśmy? Ach tak. Ekhm. Jest mi BARDZO przyjemnie nagrodzić księżniczki Alice, Katie, Emily, Charlotte, Daisy i Sophię trzystu punktami, które mają podzielić między siebie...

...i możecie iść WSZYSTKIE na przyjęcie w ogrodzie!

Jakie było przyjęcie w ogrodzie? Och, BAJECZNE! I czy uwierzyłybyście, że rzeczywiście po Wielkich Schodach ZBIEGŁAM LEKKO, jakbym płynęła w powietrzu? Myślę, że stało się tak, bo byłam bardzo szczęśliwa! Kwiaty w ogrodach były WSPANIAŁE... i tańczyłyśmy bez ustanku do muzyki, którą grała orkiestra. Mój Dziadek tak się cieszył tym, że zwierciadło dało mi pięćdziesiąt diademowych punktów, że wirując ze mną w tańcu, omal nie wrzucił mnie do fontanny z lemoniadą... lecz Babcia pochwyciła nas w samą porę.

Późną nocą, gdy leżałyśmy w łóżkach w Różowym Pokoju, próbowałam jednak namówić przyjaciółki, żeby wzięły sobie więcej punktów niż ja... ale nie zrobiły tego.

– Jeden za wszystkich, wszyscy za jednego – powiedziała Sophia sennym głosem. – I tak WSZYSTKIE zdobędziemy tyle punktów, by otrzymać członkostwo Klubu Tiary, i cudownie, cudownie, CUDOWNIE spędzać czas...

Uśmiechnęłam się i posłałam jej pocałunek...

...i jeszcze jeden, dla was.

Co wydarzyło się później?
Dowiecie się z książki

Księżniczka Sophia
i migotliwa niespodzianka

Cześć! Nazywam się Księżniczka Sophia i TAK się cieszę, że dotrzymujecie nam towarzystwa na Akademii Księżniczek. Czy spotkałyście już inne księżniczki z Różowego Pokoju? Mieszkają tu Alice, Katie, Daisy, Charlotte i Emily. Jesteśmy najlepszymi przyjaciółkami od chwili, kiedy się spotkałyśmy w pierwszym dniu semestru. Troszczymy się o siebie nawzajem, co jest Bardzo Dobrą Rzeczą, skoro wokół kręcą się takie księżniczki jak Perfekta. Jest taka ZŁOŚLIWA! Starsza siostra Alice mówi, że Perfekta z trudem zdobyła JAKIEKOLWIEK diademowe punkty na pierwszym roku Akademii, i Królowa Gloriana (to nasza dyrektorka) nie pozwoliła jej dołączyć do wspaniałego Klubu Tiary. Musiała powtarzać rok, tak więc jest tu z nami, a to oznacza KŁOPOTY!

Klub Tiary

Więcej informacji o Klubie Tiary,
bohaterkach książki i autorce
znajdziesz na naszej stronie:
www.zielonasowa.pl

W każdej opowieści z Klubu Tiary kryje się
magiczne słowo. Słowa z dwóch pierwszych
opowieści brzmią: *Ty* i *jesteś*, a następne
musicie odnaleźć. Powodzenia!

Klub Tiary

DZIENNIK prawdziwej Księżniczki czeka na CIEBIE!

Zbieraj **diademowe punkty** razem z naszymi bohaterkami. W każdej książeczce znajduje się **1 diademowy punkt**. Wytnij i prześlij **6** diademowych punktów, a otrzymasz od nas wspaniały DZIENNIK prawdziwej Księżniczki, któremu będziesz mogła powierzyć wszystkie swoje tajemnice.

Zebrane punkty z dopiskiem: KLUB TIARY prześlij na adres:

Wydawnictwo Zielona Sowa Sp. z o.o.
ul. Cegielniana 4A
30-404 Kraków

Imię: _____

Nazwisko: _____

Adres: _____

_____

Wiek: _____

Diademowy **1** punkt